MISS ZWILLING

Roger Hargreaves

Rieder Bilderbücher

Kein Mensch konnte sie auseinanderhalten!

Wen?

Na, Miss Zwilling und Miss Zwilling natürlich!

Wen denn sonst?

Sie lebten in einem ziemlich lustigen Land, das man das Zweiland nennt.

Warum es Zweiland heißt?

Das werdet ihr gleich herausfinden!

Eines Morgens nahmen Miss Zwilling und Miss Zwilling gerade ihr Frühstück ein.

Zwei gekochte Eier für jede!

Plötzlich klopfte es zweimal an die Tür.

Sie gingen zu zweit an die Tür, um zu sehen, wer da war.

Und da, im Türrahmen, standen zwei Briefträger.

„Guten Morgen Morgen", sagten sie.

So reden die Leute in Zweiland.

„Zwei Briefe für euch euch", sagten sie.

„Oh, gut gut!", riefen die Zwillinge.

Sie lasen ihre Briefe, während sie fertig frühstückten.

Nachdem sie die Briefe gelesen, das Geschirr gespült und ihre zwei Betten gemacht hatten, gingen die Zwillinge zum Einkaufen.

Nach Zweistadt.

Auf dem Weg trafen sie zwei Polizisten.

„Hallo hallo", sagten sie.

Die Zwillinge kauften zwei Laib Brot bei Frau Zweiweck, der Bäckersfrau.

Dann gingen sie zu Herrn Doppelschnitzel,
dem Metzger, und kauften Würstchen.

„Zwei Pfund von Ihren allerbesten Würstchen, bitte
bitte", sagten sie.

„Die werden euch sicher schmecken schmecken",
lachte Herr Doppelschnitzel und wickelte die
Würstchen ein.

In zwei Päckchen.

Und dann gingen die Zwillinge nach Hause ins
Zweifach-Häuschen.

Ah, habe ich euch das noch nicht gesagt? So hieß
das Haus, in dem sie wohnten.

Mister Neugierig kam gerade mit dem Auto zurück aus Glücksland.

Er hatte Mister Glücklich besucht und bei ihm übernachtet und jetzt war er auf dem Rückweg.

Als er so dahinfuhr, bemerkte er ein Schild, das er noch nie vorher gesehen hatte.

Es zeigte nach Zweiland.

„Zweiland?", überlegte er. „Davon habe ich ja noch nie gehört!"

Und, neugierig wie er nun mal war, wendete er das Steuer und machte sich auf den Weg. Er wollte herausfinden, wo Zweiland war.

Schließlich heißt er nicht ohne Grund Mister Neugierig.

Neugierig heißt er und neugierig ist er!

Es war ein sehr heißer Tag und Mister Neugierig bekam allmählich ziemlichen Durst.

Er blieb beim erstbesten Häuschen stehen, zu dem er kam.

Miss Zwilling war gerade bei der Gartenarbeit.

„Ach, das trifft sich ja gut!", rief Mister Neugierig, „dürfte ich Sie vielleicht um ein Glas Wasser bitten? Es ist so heiß heute."

„Aber natürlich natürlich", erwiderte Miss Zwilling lächelnd. „Kommen Sie doch rein rein!"

Mister Neugierig wunderte sich ziemlich über ihre eigenartige Sprechweise, aber er war viel zu höflich, um eine Bemerkung darüber zu machen.

So ließ er sein Auto stehen und ging hinter Miss Zwilling den Gartenweg entlang zum Zweifach-Häuschen.

„Nach Ihnen Ihnen", sagte sie und öffnete ihm die Tür.

Mister Neugierig trat ein und sprang erschrocken zur Seite.

„Ich dachte, Sie wären hinter mir", sagte er.

„Oh nein nein", lachte Miss Zwilling. „Sie ist mein Zwilling Zwilling!"

„Genauso ist es ist es", kicherte die andere Miss Zwilling hinter ihm.

„Bin ich im Zweiland?", fragte Mister Neugierig die Zwillinge, während er sein Glas Wasser trank.

Die beiden kicherten.

„Oh ja ja", sagten sie.

„Und redet man hier immer so?", fragte er.

„So wie wie?", fragten sie zurück.

„Wollen Sie vielleicht mit uns zu Mittag essen essen?" erkundigte sich eine der Zwillinge.

„Es gibt Würstchen Würstchen", fügte die andere hinzu.

„Das ist wirklich sehr nett nett", erwiderte Mister Neugierig.

Anscheinend war ihre Sprechweise ansteckend ansteckend!

Nach dem Mittagessen versprachen die Zwillinge,
Mister Neugierig das Zweiland zu zeigen.

Sie gingen mit ihm in die Kunstgalerie von Zweistadt.

Dort hing jedes Bild zweimal!

Sie gingen mit ihm ins Zweistädter Rathaus und stellten ihn dem Bürgermeister vor.

Herr Doppelkinn!

„Herzlich willkommen in unserer Stadt Stadt", sagte er und schüttelte Mister Neugierig die Hand.

Danach gingen sie zum Tee in das feinste Hotel in ganz Zweistadt.

Ins Ritz Ritz!

Alle drei tranken je zwei Tassen Tee und dazu gab es für jeden zwei Sandwiches und zwei Stück Kuchen.

„Lassen Sie mich das zahlen", sagte Mister Neugierig.

„Kommt nicht in Frage Frage", riefen die Zwillinge. „Sie sind unser Gast Gast!"

Es war spät geworden, als sie das Ritz Ritz verließen.

„Ich muss jetzt wirklich gehen", sagte Mister Neugierig und stieg in sein Auto, das er vor dem Hotel geparkt hatte. „Ich fahre nicht gern im Dunkeln!"

„Schön, Sie kennen gelernt zu haben, Mister Neugierig Neugierig", sagte die eine Miss Zwilling.

„Hoffentlich treffen wir uns mal wieder wieder", sagte die andere.

„Bis bald", rief Mister Neugierig und fuhr davon.

„Bis bald bald", riefen die Zwillinge hinter ihm her.

Zwei Tage später, wieder zurück in Wuselstadt, wo er wohnte, erhielt Mister Neugierig einen Brief.

Ein Stempel von Zweiland war auf dem Umschlag. Und zwei Zweiland-Briefmarken!

Ganz aufgeregt öffnete er den Brief.

Im Umschlag war ein Strafzettel!

Wegen Falschparkens auf der doppelten gelben Linie vor dem Ritz Ritz in Zweistadt!

Das ist nämlich, wie ihr sicher wisst, allerstrengstens verboten verboten!